Chambers

–Traditional Scottish–
NURSERY RHYMES

Selected and Edited by

NORAH AND WILLIAM MONTGOMERIE

First published 1985 as Scottish Nursery Rhymes
by W & R Chambers Ltd

The publisher acknowledges subsidy from the Scottish Arts
Council towards the publication of this volume.

This edition published 1990 by W & R Chambers Ltd,
43-45 Annandale Street, Edinburgh EH7 4AZ

British Library Cataloguing in Publication Data

[Scottish Nursery rhymes] Traditional Scottish nursery
   rhymes.
   1. Nursery rhymes in English
   I. [Scottish nursery rhymes] II. Montgomerie, Norah III.
   Montgomerie, William, 1904-
   398.8

ISBN 0-550-20481-4

Cover design by James Hutcheson

Printed in England by Clays Ltd, St Ives plc

Introduction

Robert Chambers's early wish was to "complete . . . the collection of the traditionary verse of Scotland", whose character, as he defined it, was "the total absence of all those marks of the chisel of the literary workman". Many of the rhymes in his collections of *Popular Rhymes* (the first collection was published in 1826) came from an anonymous oral tradition, being what he called "ratt rhymes", or rhymes noted down from recitation or singing. That such rhymes are different from the usual collections of English nursery rhymes was confirmed by Walter de la Mare's remark to us, when he read our first collection, that his "one drop of Scottish blood began to dance".

Our first two collections of *Scottish Nursery Rhymes* were published in the post-war years, since when the tide of the Scottish language has ebbed further and left these sea-shells lying higher up the beach. But, like the sea-urchins we picked up then on a Scottish shore, and still look at with pleasure, they have lost none of their fascination. They should again be shared with the new generation of children whose heritage they are.

It should not be necessary to point out that it is in childhood that a language is learned, and a culture planted. So these rhymes should precede the pleasure derived from the more mature folksongs and ballads. Indeed, their fundamental quality attunes young ears to all poetry.

The transition from these rhymes, many of which are the words of folksongs, to adult folksongs of the folkclubs, and from them to the classical ballads, is a natural progression. Then will follow William Soutar, Robert Garioch and Hugh MacDiarmid, and thereafter Dunbar and Henryson.

The rhymes were fostered in London by the Hogarth Press from 1946. Now they have returned to Scotland's capital. They have also followed in the footsteps of the many emigrant Scots to North America, where this volume is published by Cambridge University Press, New York.

We are grateful to antiquarians, librarians, senior citizens, and children, who have added to our collection, from which this book is a small selection.

We hand them over to parents, school-teachers, and booksellers to find their rightful place, in the hope that parents and teachers may learn their favourite rhymes by heart, and restore them to the children's oral tradition by reciting or singing them.

Norah and William Montgomerie   Edinburgh

Contents

Bairns' Play and Sangs

Riddles

Fowk, Fun and Food

Ferlies

Brig Tae Ballads

∞∞∞∞∞∞∞∞∞∞∞∞∞∞∞∞∞∞∞∞∞∞∞∞∞

1

CHAP at the door,
Keek in,
Lift the sneck,
Walk in.

2

WHIT'S in there ?
Gowd an money.
Whaur's my share o't ?
The moosie ran awa wi't.
Whaur's the moosie ?
In her hoosie.
Whaur's her hoosie ?
In the wid.
Whaur's the wid ?
The fire brunt it.
Whaur's the fire ?
The watter quencht it.
Whaur's the watter ?
The broon bull drank it.
Whaur's the broon bull ?
Back o' Burnie's Hill.
Whaur's Burnie's Hill ?
A' claid wi snaw.
Whaur's the snaw ?
The sun meltit it.
Whaur's the sun ?
Heigh, heigh up i the air.

BIRDS AND BEASTIES

3

Wᴇᴇ chookie birdie,
Toll-oll-oll,
Laid an egg
On the windy sole.

The windy sole
Began tae crack ;
Wee chookie birdie
Roared and grat.

Glasgow

4

Bᴀ, birdie
On a stane,
Cald feetie,
An rin yer lane.

Angus

5

COCK AN HEN

Ilka day,
An egg I lay,
An yet I aye gang barefit,
Barefit.

I've been through a' the toon,
Seekin ye a pair o' shoon ;
Wad ye hae ma hert oot,
Hert oot ?

6

There was a cloker dabbit at a man ;
He deed for fear, he deed for fear.
There was a cloker dabbit at a man ;
An that's no sae queer, no sae queer.

7

TAMMY Tammy Titmoose,
Lay an egg in ilka hoose,
Ane for you, an ane for me,
An ane for Tammy Titmoose.

Edinburgh

8

THE bonny muir hen
Has feathers enoo,
The bonny muir hen
Has feathers enoo.

There's some o' them black,
An there's some o' them blue,
The bonny muir hen
Has feathers enoo.

Aberdeen

9

WHEEPY whaupy,
Wheepy whaupy,
Wheepy whaupy,
Wife o' the glen,
Wife o' the glen !
Will ye no wauken,
Wauken, wauken,
Will ye no wauken,
Wife o' the glen ?

The men o' the lallans
Are stealin yer cattle,
They're stealin yer cattle,
An killin yer men.
Wheepy whaupy,
Wheepy whaupy,
Wheepy whaupy,
Wife o' the glen,
Wife o' the glen !
                    Lanark

10

A FIDDLER, a fifer,
And three castle kaws,
Aye gie the music
Tae a waddin o' craws.

11

PYOTS

ANE'S joy,
Twa's grief,
Three's a waddin,
Fower's death ;
Five's a coffin,
Six a hearse,
Seeven's a man
In great distress.

Edinburgh

12

HAWK, hawk,
Herry nest ;
A bonny bird
Tae build a nest,
An you tae gang
An herry it.

Selkirk

13

THERE were twa craws sat on a stane,
  Fal de ral,
Ane flew awa an there remained ane,
  Fal de ral,
The ither seein his neebour gane,
  Fal de ral,
He flew awa an there was nane,
  Fal de ral.

14

THE corbie says untae the craw :
"Johnnie, fling yer plaid awa."

The craw says untae the corbie :
"Johnnie, fling yer plaid aboot ye."

15

I HAD a henny,
Ma henny pleased me,
I fed ma henny
Ahin the tree ;
An aye ma henny cried,
Jim-a-jick, jim-a-jick !
An ma cockie cried,
Leely gowkoo !
Leese me on
Yer bonny black moo,
John Gowrie's cock
Was never like you.

I had a chucky,
Ma chucky pleased me,
I fed ma chucky
Ahin the tree ;
An aye ma chucky cried
Pee-ack, pee-ack !
An ma henny cried,
Jim-a-jick, jim-a-jick !
An ma cockie cried,
Leely gowkoo !
Leese me on
Yer bonny black moo,
John Gowrie's cock
Was never like you.

I had a deuky,
Ma deuky pleased me,
I fed ma deuky
Ahin the tree ;
An aye ma deuky cried,
Quaak-quaak !
An ma chucky cried,
Pee-ack, pee-ack !
An ma henny cried,
Jim-a-jick, jim-a-jick !
An ma cockie cried,
Leely gowkoo !
Leese me on
Yer bonny black moo,
John Gowrie's cock
Was never like you.

Aberdeen

16

Lady, Lady Landers,
Lady, Lady Landers,
Tak up yer cloak
Aboot yer heid,

An flee awa
Tae Flanders.
Flee ower firth,
An flee ower fell,
Flee ower pool,
An rinnin well,
Flee ower muir,
An flee ower mead,
Flee ower livin,
Flee ower deid,
Flee ower corn,
An flee ower lea,
Flee ower river,
Flee ower sea,
Flee ye east,
Or flee ye west,
Flee till him
That loes me best.
Lanark

17

THE GOWK

I SEE the gowk,
An the gowk sees me
Atween the berry buss
An the aipple tree.

18

MAVIS SANG

GIBBIE DOAK, Gibbie Doak,
Whaur hast du been,
Whaur hast du been ?

I hae been at the kirk,
Priein, priein, priein !
                Kirkcudbright

19

STANE-CHACK'S MALISON

STANE-CHACK !
Deil tak !
They wha herry ma nest
Will never rest,
Will meet the pest !
Deil brak their lang back
Wha ma eggs wad tak, tak !

Galloway

20

WILD GEESE

HERE'S a string o' wild geese,
Hoo mony for a penny ?
Ane tae ma lord,
An ane tae ma leddy ;
Up the gate an doon the gate,
They're a' floun frae me.

21

LAPWING

WALLOP-A, wallop-a weet,
Herry ma nest, an rin awa weet.

22

ROBIN, Robin reidbreist
Cutty, cutty wran,
Gin ye herry ma nest,
Ye'll never be a man.

23

LAVEROCK

BLESSINS, blessins ten,
That leuks on ma nestie,
An lats it alane.

Malisons, malisons seven,
That herries the nest
O' the Queen o' Heaven.

Aberdeen

24

THERE was a birdie cam tae Scotland,
Hodle, dodle, hodle, dodle,
For tae push its fortune,
Hodle, dodle, hodle, dodle.

An the birdie laid an egg,
Hodle, dodle, hodle, dodle,
An oot the egg there cam a bird,
Hodle, dodle, hodle, dodle.

An the birdie flew away,
Hodle, dodle, hodle, dodle,
An its mither socht it a' day,
Hodle, dodle, hodle, dodle.

An she got it in a bog,
Hodle, dodle, hodle, dodle,
An she lickit it wi a scrog,
Hodle, dodle, hodle, dodle.

An she tuik the birdie hame,
Hodle, dodle, hodle, dodle,
An laid it doon upon a stane,
Hodle, dodle, hodle, dodle.
An pickit oot baith its een,
Hodle, dodle, hodle, dodle.

Aberdeen

25

THE TOD

THERE dwalls a tod on yonder craig,
An he's a tod o' micht a,
He leeves as weel on his purchase,
As ony laird or knicht a.

John Armstrang said untae the tod :
"An ye come near ma sheep a,
The first time that I meet wi you,
It's I will gar ye greet a !"

The tod said tae John Armstrang again :
"Ye daurna be sae bauld a,
For gin I hear ony mair o' yer din,
I'll worry a' the sheep o' yer fauld a !"

The tod he hies him tae his craig,
An there sits he fu crouse a,
An for Johnnie Armstrang an a' his tykes
He disna care a loose a.

26

THE TOD AND THE HEN

As I gaed by by Humbydrum,
By Humbydrum by dreary,
I met Jehoky Poky
Cairryin awa Jaipeery.

If I had haen ma tip ma tap,
Ma tip ma tap ma teerie,
I wadna looten Jehoky Poky
Cairry awa Jaipeery.

27

GAE, gae, gae,
Gae tae Berwick, Johnnie.
Thou shalt hae the horse,
I sall hae the pony.

28

TROT, trot, horsie,
Gaein awa tae Fife,
Comin back a Monday,
Wi a new wife.

29

THE black an the broon
Gang nearest the toon,
John Paterson's filly gaes foremaist.

The black an the grey
Gang a' their ain way,
John Paterson's filly gaes foremaist.

The black an the din
They fell a' ahin,
John Paterson's filly gaes foremaist.

The black an the yalla
Gae up like a swallow,
John Paterson's filly gaes foremaist.
Ayrshire

30

SING, sing !
Whit sall A sing ?
The cat ran awa
Wi ma apron string.
Galloway

31

THE DOGGIES

THE doggies gaed tae the mill,
This wey an that wey :
They took a lick oot o' this wife's poke,
An they took a lick oot o' that wife's poke,
An a loup i the laid, an a dip i the dam,
An gaed wallopin, wallopin, wallopin hame.

32

WEE DOGGIES

SANNY COUTTS' wee doggies,
Wee doggies, wee doggies,
Sanny Coutts' wee doggies
Lickit Sanny's mou, man.
Sanny ran aboot the stack,
An a's doggies at's back,
An ilka doggie gied a bark,
An Sanny ran awa, man.

33

THE lion an the unicorn
Fechtin for the croon ;
Up jumped the wee dog,
An knocked them baith doon.

Some gat white breid,
An some gat broon ;
But the lion beat the unicorn,
Roon aboot the toun.

34

His faither deed
An left him a horse,
A bonny wee horse
That gaed trot, trot, trot !

Wing, wing waddelery,
Jake sing saddelery,
Little boy waddelery
Under the broo!

He sellt the horse,
An he bocht a coo,
A bonny wee coo
That said "Moo, moo, moo !"

He sellt the coo,
An he bocht a soo,
A bonny wee soo
That said "Grumph, grumph, grumph !"

35

The bonnie horse o' Lenchland,
It stans upon a hill ;
While a' the world rins roond aboot,
It stans still.

36

THE cattie sat in the kiln-ring,
  Spinnin, spinnin ;
An by cam a little wee moosie,
  Rinnin, rinnin.

"Oh, whit's that ye're spinnin, ma loesome,
  Loesome lady ?"
"I'm spinnin a sark tae ma young son,"
  Said she, said she.

"Weel mot he brook it, ma loesome,
  Loesome lady."
"Gif he dinna brook it weel, he may brook it ill,"
  Said she, said she.

"I soopit ma hoose, ma loesome,
  Loesome lady."
" 'Twas a sign ye didna sit amang dirt, then,"
  Said she, said she.

"I fand twal pennies, ma winsome,
  Winsome lady."
" 'Twas a sign ye werena sillerless,"
  Said she, said she.

"I gaed tae the mercat, ma loesome,
  Loesome lady."
" 'Twas a sign ye didna sit at hame, then,"
  Said she, said she.

"I coft a sheepie's heid, ma winsome,
  Winsome lady."
" 'Twas a sign ye werena kitchenless,"
  Said she, said she.

"I pit it in my pottie tae bile, ma loesome,
    Loesome lady."
" 'Twas a sign ye didna eat it raw,"
    Said she, said she.

"I pit it in my winnock tae cool, ma winsome,
    Winsome lady."
" 'Twas a sign ye didna burn yer chafts, then,"
    Said she, said she.

"By cam a cattie, an ate it a' up, ma loesome,
    Loesome lady."
"An sae will I you — worrie, worrie — guash, guash,"
    Said she, said she.

37

LINGLE, lingle, lang tang,
Oor cat's deid !
Whit did she dee wi ?
Wi a sair heid !

A' you that kent her,
Whan she was alive,
Come tae her burial,
Atween fower an five.

38

MADAM POUSSIE's comin hame,
Riding on a grey stane.
Whit's tae the supper ?
Pease brose an butter.

Wha'll say the grace ?
I'll say the grace.
Leviticus, Levaticus,
Taste, taste, taste.

39

AUCHINHIEVE's doggies
Were a' here yestreen –
There was Boosie an Bapsy,
Merryman an Mapsy,
Rosy an Rinwell,
Auchinhieve an Honey Bell,
Were a' here yestreen.
                    Aberdeen

40

THE dog in the midden
He lay, he lay ;
The dog in the midden
He lay, he lay.

He lookit abeen him,
An saw the meen sheenin,
An cockit his tail,
An away, away.
                    Aberdeen

41

THE cattie rade tae Paisley, tae Paisley, tae
Paisley,
The cattie rade tae Paisley, upon a harrow tine ;
An she cam loupin hame again,
An she cam loupin hame again,
An she cam loupin hame again,
Upon a mear o' mine.
It was upon a Wodensday,
A winny, winny Wodensday,
It was upon a Wodensday,
Gin I can richtly min.

42

POUSSIE at the fireside,
Suppin up brose ;
Doon cam a cinder,
An brunt Poussie's nose.
"Echt !" cried Poussie,
"That's nae fair !"
"It's a' het," said the cinder,
"Ye shouldna hae been there."

43

THE GREY CAT

THE grey cat's kittled in Cherlie's wig,
The grey cat's kittled in Cherlie's wig ;
There's ane o' them leevin, an twa o' them deid,
The grey cat's kittled in Cherlie's wig.

44

MOUSIE, mousie, come tae me,
The cat's awa frae hame ;
Mousie, come tae me,
I'll use ye kind, an mak ye tame.

45

"POUSSIE, poussie, baudrons,
Whaur hae ye been ?"
"I've been tae London,
Tae see the queen !"

"Poussie, poussie, baudrons,
Whit gat ye there ?"
"I gat a guid fat mousikie,
Rinnin up a stair !"

"Poussie, poussie, baudrons,
Whit did ye dae wi it ?"
"I pit it in ma meal-poke,
Tae eat tae ma breid !"

46

CHEETIE-POUSSIE-CATTIE, O

THERE was a wee bit mousikie,
That leeved in Gilberaty, O ;
It couldna get a bite o' cheese,
For Cheetie-Poussie-Cattie, O.

It said unto the cheesikie,
"O fain wad I be at ye, O,
If it werena for the cruel paws
O' Cheetie-Poussie-Cattie, O."

47

MA BONNIE DOGGIE

O HE's ma bonnie doggie,
Denty O !

An O, he's ma bonnie doggie,
Denty O !
I widna gie ma bonnie doggie
For a wedder hoggie,
Although I had ma choice o'
Twenty O.

Aberdeen

48

A HAD a wee dug,
Its name was Duff ;
I sent him oot
For a box o' snuff.

He brak the box,
An skailed the snuff,
An that was a'
Ma penny worth.

49

THE wee Coorie Anne
Can lay twenty-wan,
But the big Cushie Doo
Can only lay two.

50

THE goose chaps at the yett
The gander he cries "Fa ?"

"Ou, sir it's Maister Middleton,
The laird o' Gowrie Ha."
Aberdeen

51

CHEESE and breid
For the bat, bat, bat ;
Come intae
Ma hat, hat, hat.

52

THE hornie-goloch is an awesome beast,
Soople an scaly ;
It has twa horns, an a hantle o' feet,
An a forkie tailie.

53

THE moudiewort, the moudiewort,
The mumpin beast the moudiewort,
The craws hae pykit the moudiewort,
The puir wee beast the moudiewort.

54

THE LADYBIRD

LEDDY, Leddy Landers,
Leddy, Leddy Landers,
Tak up yer coats aboot yer heid,
An flee awa tae Flanders.

55

THE SNAIL

SNAILIE, snailie, shoot oot yer horn,
An tell me if it'll be a bonny day the morn.

56

ABOOT THE MERRY-MATANZIE

HERE we gae roon the jing-a-ring,
The jing-a-ring, the jing-a-ring ;
Here we gae roon the jing-a-ring,
Aboot the merry-matanzie.

Twice aboot, an than we fa,
Than we fa, than we fa ;
Twice aboot, an than we fa,
Aboot the merry-matanzie.

Guess ye wha the guidman is,
The guidman is, the guidman is ;
Guess ye wha the guidman is,
Aboot the merry-matanzie.

Honey is sweet, an so is he,
So is he, so is he ;
Honey is sweet, an so is he,
Aboot the merry-matanzie.

He's merried wi a gay gowd ring,
A gay gowd ring, a gay gowd ring ;
He's merried wi a gay gowd ring,
Aboot the merry-matanzie.

A gay gowd ring's a cankerous thing,
A cankerous thing, a cankerous thing ;
A gay gowd ring's a cankerous thing,
Aboot the merry-matanzie.

Noo they're merried, we'll wish them joy,
Wish them joy, wish them joy ;
Noo they're merried, we'll wish them joy,
Aboot the merry-matanzie.

Faither an mither they maun obey,
Maun obey, maun obey ;
Faither an mither they maun obey,
Aboot the merry-matanzie.

Lovin ilk ither like sister an brither,
Sister an brither, sister an brither ;
Lovin ilk ither like sister an brither,
Aboot the merry-matanzie.

We pray the couple tae kiss thegither,
Kiss thegither, kiss thegither ;
We pray the couple tae kiss thegither,
Aboot the merry-matanzie.

57

JOCK plays them rants sae lively,
Ballads, reels an jigs,
The foalie flings her muckle legs,
An capers ower the rigs.

58

BABBITY-BOWSTER

WHA learned ye tae dance,
Babbity-Bowster, Babbity-Bowster?
Wha learned ye tae dance,
Babbity-Bowster, brawly?

Ma minnie learned me tae dance,
Babbity-Bowster, Babbity-Bowster.
Ma minnie learned me tae dance,
Babbity-Bowster, brawly.

Wha gae ye the keys tae keep,
Babbity-Bowster, Babbity-Bowster?
Wha gae ye the keys tae keep,
Babbity-Bowster, brawly?

Ma minnie gae me the keys tae keep,
Babbity-Bowster, Babbity-Bowster.
Ma minnie gae me the keys tae keep,
Babbity-Bowster, brawly.

59

Dance tae yer daddy,
Ma bonnie laddie,
Dance tae yer daddy, ma bonnie lamb !
An ye'll get a fishie
In a little dishie,
Ye'll get a fishie, whan the boat comes hame.

Dance tae yer daddy,
Ma bonnie laddie,
Dance tae yer daddy, ma bonnie lamb !
An ye'll get a coatie,
An a pair o' breekies,
Ye'll get a whippie, an a soople Tam.

60

BOBBIE SHAFTO

Bobbie Shafto's gane tae sea,
Siller buckles on his knee,
He'll come back an mairry me,
Bonny Bobbie Shafto.

Bobbie Shafto's fat an fair,
Combin doon his yalla hair ;
He's my love for evermair,
Bonny Bobbie Shafto.

61

ROSES up and roses doon,
Roses in the garden ;
I wadna gie ye a bunch o' flooers
For tenpence ha'penny farden.

Tak her by the lily-white han,
Lead her across the water ;
Gie her a kiss, and yin, twa, three,
For she's a leddy's daughter.
Berwick

62

HERE'S a puir weeda frae Sandislan,
Wi a' her childer by the han
Wha'll tak her in ?
Wha'll tak her in ?

63

A DIS, a dis, a green gress,
A dis, a dis, a dis ;
Come a' ye bonnie lasses,
An dance alang wi us.

For we will go a-rovin,
A-rovin in the lan ;
We'll tak this bonnie lassie,
We'll tak her by the han.

An ye sall hae a deuk, my dear,
An ye sall hae a drake ;
An ye sall hae a young prince,
A young prince for yer make.

64

OATS and beans and barley grows,
Oats and beans and barley grows ;
But you nor I nor nobody knows
How oats and beans and barley grows.
First the farmer sows his seeds,
Then he stands and takes his ease ;
Stamps his feet, and claps his hands,
Then turns around to view his lands.

Waiting for a partner,
Waiting for a partner ;
Open the ring and take one in,
And kiss her in the centre.

Now you're married, you must obey,
Must be true to all you say ;
You must be kind, you must be good,
And help your wife to chop the wood.

65

RING a ring a pinkie
Ring a ring a bell,
If I brak the bargain,
I'll gang tae Hell.

66

Hiccup, hiccup,
Gang away,
Come again
Anither day!

Hiccup, hiccup,
Whan I bake,
I'll gie ye
A butter cake!

"I'll gie ye a pennyworth o' preens,
That's aye the wey that love begins,
If ye'll walk wi me, leddy, leddy,
If ye'll walk wi me, leddy."

"I'll no hae yer pennyworth o' preens,
That's no the wey that love begins ;
An I'll no walk wi ye, wi ye,
An I'll no walk wi ye."

"O Johnnie, O Johnnie, whit can the maitter be,
That I loe this leddy, an she loes na me ?
An for her sake I maun dee, maun dee,
An for her sake I maun dee !"

"I'll gie ye a bonny siller box,
Wi seven siller hinges, an seven siller locks,
If ye'll walk wi me, leddy, leddy,
If ye'll walk wi me, leddy."

"I'll no hae yer bonny siller box,
Wi seven siller hinges, an seven siller locks.
An I'll no walk wi ye, wi ye,
An I'll no walk wi ye."

"O Johnnie, O Johnnie, whit can the maitter be,
That I loe this leddy, an she loes na me ?
An for her sake I maun dee, maun dee,
And for her sake I maun dee !"

"I'll gie ye the hauf o' Bristol toon,
Wi coaches rollin up an doon,
If ye'll walk wi me, leddy, leddy,
If ye'll walk wi me, leddy."

"I'll no hae the hauf o' Bristol toon,
Wi coaches rollin up an doon,
An I'll no walk wi ye, wi ye,
An I'll no walk wi ye."

"O Johnnie, O Johnnie, whit can the maitter be,
That I loe this leddy, and she loes na me?
An for her sake I maun dee, maun dee,
An for her sake I maun dee!"

"I'll gie ye the hale o' Bristol toon,
Wi coaches rollin up an doon,
If ye'll walk wi me, leddy, leddy,
If ye'll walk wi me, leddy."

"If ye'll gie me the hale o' Bristol toon,
Wi coaches rollin up an doon,
I will walk wi ye, wi ye,
And I will walk wi ye."

68

I, WILLIE WASTLE,
Staun firm in ma castle,
An a' the dogs i the toon
Winna pu Willie Wastle doon.

Berwick

69

AIRLIE'S GREEN

I SET ma fit upon Airlie's green,
An Airlie daurna tak me ;
I canna get hame tae steer ma parritch,
For Airlie's tryin tae catch me.

Brechin

70

Hoo mony miles is it tae Glesca-Lea?
Sixty, seeventy, echty-three.

Will I be there gin canle licht?
Juist if yer legs be lang an ticht.

Open yer gates an lat me through!
No withoot a beck and a boo.

There's yer beck an there's yer boo,
Open yer gates an let me through!

Arbroath

71

DAB a preen in ma lottery book,
Dab ane, dab twa,
Dab a' yer preens awa.

72

EVIE-OVIE,
Turn the rope over ;
Mother in the market,
Sellin penny baskets ;
Baby in the cradle,
Playin with a ladle.

Bute

73

WILLIE, Willie Waddy,
That rides wi the king,
Naethin in his pocket,
But ae gowd ring.

Whiles gowd, whiles brass,
Whiles ne'er a thing,
Willie, Willie Waddy,
That rides wi the king.

Aberdeen

74

CLAP, clap hannies,
Till daddy comes hame ;
Daddie's gat pennies,
An mammie's gat nane.

75

PUPPET SHOW

A PREEN tae see a puppy show,
A preen tae see a die,
A preen tae see an auld man
Sclimin tae the sky.

76

A counting-out rhyme

Zeenty-teenty, heathery-mithery,
Bumfry leery over Dover ;
Saw the King o' Heazle Peasil
Jumpin ower Jerus'lem Dyke ;
   Black fish, white troot,
   Eerie, oorie, you're oot.

77

Gemm, gemm, ba, ba,
Twenty lasses in a raw,
No a lad amang them a',
Gemm, gemm, ba, ba.

78

I'VE fund something,
I'll no tell,
A' the birds i the air
Canna ring a bell.

79

UP streets an doon streets
An windies made o' glass,
Isna Maggie Tocher
A nice young lass ?

Isna Angus M'Intyre
As nice as she ?
When they are merried
I hope they will agree —
Agree, agree, agree.

Clean sheets an blankets
An pillow-slips an a',
A little baby on her knee
An that's the best of a'.
Lanark

80

Will ye buy syboes?
Will ye buy leeks?
Will ye buy ma bonnie lassie
Wi the reid cheeks?

I winna buy yer syboes;
I winna buy yer leeks;
But I will buy yer bonnie lassie
Wi the reid cheeks.

81

Here is a lass wi a gowden ring,
Gowden ring, gowden ring;
Here is a lass wi a gowden ring,
Sae early in the mornin.

Gentle Johnnie kissed her,
Three times blessed her,
Sent her a slice o' breid an butter
In a siller saucer.

Wha shall we send it tae,
Send it tae, send it tae?
Wha shall we send it tae?
Tae Mistress —'s dochter.

82

King, King Capper
Fill ma happer,
An I'll gie ye cheese an breid,
When I come ower the watter.

83

I DAPSE ye, I dapse ye,
I double double dapse ye ;
If ye're fun tae tell a lee,
Yer richt hand is aff ye !

84

LEEAR, leear, lickspit,
In ahin the caunlestick,
Whit's guid for awfu leears ?
Brunstane an muckle fires.

85

STICKS an stanes
Will brak ma banes,
But names will never hurt me.
Whan A'm deid,
An in ma grave,
Ye'll be sorry fir whit ye ca'd me.

Montrose

86

KEEP in, keep in,
Wherever ye be,
The greedy gled's
Seekin ye.

87

I DOOT, I doot,
Ma fire is oot,
An ma wee dog's no at hame ;
I'll saddle ma cat, an I'll bridle ma dog,
An send ma wee dog hame,
Hame, hame again, hame !

88

NIEVIE, nievie, nick-nack,
Which haun will ye tak?
The richt, or the wrang?
I'll beguile ye gin I can.

I'll tak this,
I'll tak that.
I'll tak nievie, nievie,
Nick, nack.

89

A chucky rhyme

MA wee curly dug
Sells pipe cley ;
Ma wee curly dug
Gets nae pey.

90

THIEFIE, thiefie, steal a neepie,
Steal a needle or a preen,
Steal a coo or a' be deen.

Buchan

91

MERRIDGE

Jock Muckle an Jean Sma
Are gaun tae be contrackit
Ower the hill an faur awa,
In a coal backet.

Hauf a pair o' blankets,
Hauf a pair o' sheets,
An a wee bit moleskin
Tae mend Jock's breeks.

Angus

92

Sugarallie watter,
As black as the lum ;
Gether up preens,
An ye'll a' get some.

Glasgow

93

Hᴀᴘ an row, hap an row,
Hap an row the feetie o't ;
I never kent A had a bairn
Until A heard the greetie o't.

The wife pit on the wee pan
Tae bile the bairn's meatie, O,
When doun fell a cinder
An brunt a' its feetie, O.

Hap an row, hap an row,
Hap an row the feetie o't ;
I never kent A had a bairn
Until A heard the greetie o't.

Sandy's mither she cam in
As sune's she heard the greetie o't,
She took the mutch frae aff her heid
An rowed it roon the feetie o't.

Hap an row, hap an row,
Hap an row the feetie o't ;
I never kent A had a bairn
Until A heard the greetie o't.

94

I ʜᴀᴅ a wee hobby-horse,
His mane was dapple-grey ;
His heid was made o' pease-strae,
His tail was made o' hay.

95

I saw a doo
Flee ower the dam,
Wi siller wings
An gowden ban.

She leukit east,
She leukit west,
She leukit far
Tae licht on best.

She lichtit on
A bank o' san,
Tae see the cocks
O Cumberlan.

Fite puddin,
Black troot,
Ye're oot !

Aberdeen

96

KATIE BEARDIE

KATIE BEARDIE had a coo,
Black an white aboot the mou,
Wasna that a denty coo ?
  Dance, Katie Beardie !

Katie Beardie had a hen,
Cackled but an cackled ben.
Wasna that a denty hen ?
  Dance, Katie Beardie !

Katie Beardie had a cock,
That could spin, an bake, an rock.
Wasna that a denty cock ?
  Dance, Katie Beardie !

Katie Beardie had a grice,
It could skate upon the ice.
Wasna that a denty grice ?
  Dance, Katie Beardie !

97

I'll gie ye a preen tae stick in yer thoom,
Tae cairry a leddy tae London toon.

London toon's a braw, braw place,
A' covered ower wi gold and lace.

Hotch her up, hotch her doon,
Hotch her intae London toon.

Lanark

98

Your plack an ma plack,
Your plack an ma plack,
Your plack an ma plack,
An Jennie's bawbee.

We'll pit them i the pint stoup,
Pint stoup, pint stoup ;
We'll pit them i the pint stoup,
An join a' three.

Aberdeen

99

WEEL MAY THE KEEL ROW

As I cam doon the Sandgate,
The Sandgate, the Sandgate,
As I cam doon the Sandgate,
I heard a lassie sing.

"O, weel may the keel row,
The keel row, the keel row,
O, weel may the keel row,
The ship ma laddie's in.

"He wears a blue bunnet,
Blue bunnet, blue bunnet ;
He wears a blue bunnet,
An a dimple in his chin.

"An weel may the keel row,
The keel row, the keel row ;
An weel may the keel row,
The ship ma laddie's in."

100

TORRY ROCKS

WE'RE a' gaein tae Torry rocks,
Tae Torry rocks, tae Torry rocks,
We're a' gaein tae Torry rocks,
Tae gether dulse an seaweed.

101

AIKEN DRUM

THERE cam a man tae oor toon,
Tae oor toon, tae oor toon ;
There cam a man tae oor toon,
An they ca'd him Aiken Drum.

He played upon a ladle,
A ladle, a ladle ;
He played upon a ladle,
An his name was Aiken Drum.

102

THE FORTY-SECOND

WHA saw the Forty-Second,
Wha saw them gang awa ?
Wha saw the Forty-Second
Gaein tae the wapenshaw ?
Some o' them gat chappit tatties,
Some o' them gat nane ava ;
Some o' them gat barley bannocks
Gaein tae the wapenshaw.

Wha saw the Forty-Second,
Wha saw them gang awa ?
Wha saw the Forty-Second,
Marchin doon the Broomielaw ?
Some o' them had tartan troosers,
Some o' them had nane ava ;
Some o' them had green umbrellas,
Marchin doon the Broomielaw.

103

A finger rhyme

THIS is the man that brak the barn,
This is the man that stealt the corn,
This is the man that ran awa,
This is the man that telt a'
An puir Pirlie-winkie paid for a' paid for a'

104

I GAT a little mannikin, I set him on my thoomikin ;
I saddled him, I bridled him, an sent him tae the toonikin :
I coffed a pair o' garters tae tie his wee bit hosikin ;
I coffed a pocket-napkin tae dicht his wee bit nosikin ;
I sent him tae the garden tae fetch a pund o' sage,
An fund him in the kitchen neuk kissin little Madge.

105

As I gaed up by yonder hill,
I met ma faither wi guid-will ;
He had jewels, he had rings,
He had mony braw things ;
He had a cat wi nine tails,
He had a hammer wantin nails,
Up Jack, doon Tam,
Blaw the bellows, auld man !
The auld man tuik a dance,
First tae London, then tae France.

RIDDLES

(Answers in Contents)

106

COME a riddle, come a riddle,
Come a rot-tot-tot ;
A wee, wee man, in a reid, reid coat,
A stauf in his han, an a bane in his throat ;
Come a riddle, come a riddle,
Come a rot-tot-tot.

107

THE merle an the blackbird,
The laverock an the lark,
The gouldie an the gowdspink,
How mony birds be that ?

108

THE laverock an the lark,
The baukie an the bat,
The heather-bleat, the mire-snipe,
How mony birds be that ?

109

WEE man o' leather
Gaed through the heather,
Through a rock, through a reel,
Through an auld spinnin-wheel,
Through a sheepshank bane ;
Sic a man was never seen.

110

I CUDNA burn were I ma lane,
Nor the canle burn withoot me ;
Juist spell a weel-kent tounie's name,
An, dyod, ye're shair tae get me.

111

WHIT sits by yer bed a' nicht,
Gapin for yer banes ?
What gets up at mornin licht,
An clatters ower the stanes ?

112

MA back and ma belly is wid,
An ma ribs is lined wi leather,
I've a hole in ma nose,
An ane in ma briest,
An I'm aftenest used in cauld weather.

113

I GAED AN I GOT IT

I GAED an I got it,
I sat an I socht it,
An whan I couldna fin it,
I brocht it hame.

114

WHAT is't that hings high,
An cries sair,
Has a heid,
An nae hair ?

115

Lang man legless,
Gaed tae the door staufless ;
Guidwife, tak up your deuks an hens,
For dogs an cats I carena.

116

A ha'penny here, an a ha'penny there,
Fowerpence ha'penny, an a ha'penny mair,
A ha'penny wat, an a ha'penny dry,
Fowerpence ha'penny, an a ha'penny forby –
Hoo muckle is that ?

117

There's a wee, wee hoose,
An it's fu o' meat ;
But neither door nor winnock
Will let ye in tae eat.

118

I saw a peacock with a fiery tail,
I saw a blazing comet pour down hail,
I saw a cloud wrapt with ivy round,
I saw an oak creeping on the ground,
I saw a pismire swallow up a whale,
I saw the sea brimful of ale,
I saw a Venice glass fifteen feet deep,
I saw a well full of men's tears that weep,
I saw wet eyes all of a flaming fire,
I saw a horse bigger than the moon and higher,
I saw the sun even at midnight –
I saw the man who saw this dreadful sight.

119

Clap, clap hannies,
Mammie's wee, wee ain,
Clap, clap hannies,
Daddie's comin hame,
Hame till his wee, bonnie,
Wee bit laddie,
Clap, clap hannies.

120

THE MUIR O' SKENE

There was a man
I' Muir o' Skene,
He had dirks,
An I had nane ;
But I fell till'm
Wi ma thooms,
An wat ye hoo
I dirkit him,
Dirkit him,
Dirkit him ?

Angus

121

There was a wee moose,
An he had a wee hoose,
An he lived in there.

An he gaed creepy-crappy,
Creepy-crappy,
An bored a wee hole in there.

122

HUSH-A-BA, babby, lie still, lie still ;
Yer mammie's awa tae the mill, the mill ;
Babby is greetin for want o' guid keepin ;
Hush-a-ba, babby, lie still, lie still.

123

O, CAN ye sew cushions,
Can ye sew sheets,
Can ye sing Ba-loo-loo,
Whan the bairnie greets ?

An hee an ba, birdie,
An hee an ba, lamb ;
An hee an ba, birdie,
Ma bonnie lamb !

Hee O, wee O,
Whit wad I dae wi ye ?
Black is the life
That I lead wi ye.

Ower mony o' ye,
Little for tae gie ye ;
Hee O, wee O,
Whit wad I dae wi ye ?

124

WEE Willie Winkie
Rins through the toun,
Up stairs and doon stairs
In his nicht-goun,

Tirlin at the winnock,
Cryin at the lock,
"Are the weans in their bed?
For it's noo ten o'clock."

Hey, Willie Winkie,
Are ye comin ben?
The cat's singin grey thrums
Tae the sleepin hen,
The dog's speldered on the flair,
An disna gie a cheep,
But here's a waukrife laddie
That winna fa asleep.

Onything but sleep, ye rogue!
Glowerin like the mune,
Rattlin in an airn jug
Wi an airn spune,
Rumbling, tumblin, roond aboot,
Crawin like a cock,
Skirlin like a kenna-whit,
Wauknin sleepin folk.

Hey, Willie Winkie —
The wean's in a creel!
Wamblin aff a body's knee
Like a verra eel,
Ruggin at the cat's lug,
Ravelin a' her thrums —
Hey, Willie Winkie —
See, there he comes!

125

LULLABY

CUDDLE in yer bonnie baa,
An get a bonnie sleepie, O ;
An I'se awa and milk the coo,
An gie tae her a neepie, O.
                        Buchan

126

HUSH ye, hush ye,
Little pet ye,
Hush ye, hush ye,
Dinna fret ye,
The Black Douglas
Shanna get ye.

127

ADAM an Eve gaed up ma sleeve,
Tae fess me doon some gundy.

Adam an Eve cam doon ma sleeve,
An said there was nane till Monday.

128

SEE-SAW,
Jack a daw,
Whit is a craw
Tae dae wi her?

She hasna a stockin
Tae pit on her,
An the craw hasna ane
For tae gie her.

129

LEDDY, leddy o' the lan,
Can ye bear a tickly palm?
If ye laugh or if ye smile,
Ye canna be a leddy.

130

Hey ma kitten, ma kitten,
Hey ma kitten, ma dearie ;
Sic a fit as this
Wisna far nor nearie.
Here we gae up, up, up ;
Here we gae doon, doon, doonie ;
Here we gae back and fore ;
Here we gae roon and roonie ;
Here's a leg for a stockin,
An here's a fit for a shoeie.

Aberdeen

131

A finger rhyme

Thumb-hold,
Thicketty-thold,
Lang man,
Lick pan,
An mammie's wee man.

HOLIDAYS

132

THE morn's siller Seturday,
The next day's Cockielaw ;
We'll come back on Monday,
An gie ye a' a ca.

133

COLLOP Monday,
Pancake Tuesday,
Ash Wodensday,
Bloody Thursday,
Lang Friday,
Hey for Seturday efternin ;
Hey for Sunday
At twal o'clock,
Whan a' the plum puddins
Jump oot o' the pot.

The Borders

134

EASTER

MONDAY's the Fast,
An I'll be daft,
An I'll be dressed in blue,
Wi reid ribbons roon ma waist,
An sweeties in ma moo.

Dundee

135
THE YULE DAYS

THE King sent his lady on the first Yule-day,
A papingoe, aye.
Wha learns ma carol, an carries it away ?

The King sent his lady on the second Yule-day,
Three pairtricks, a papingoe, aye.
Wha learns ma carol, an carries it away ?

The King sent his lady on the third Yule-day,
Three plovers, three pairtricks, a papingoe, aye.
Wha learns ma carol, an carries it away ?

The King sent his lady on the fourth Yule-day,
A goose that was grey,
Three plovers, three pairtricks, a papingoe, aye.
Wha learns ma carol, an carries it away ?

The King sent his lady on the fifth Yule-day,
Three starlins, a goose that was grey,
Three plovers, three pairtricks, a papingoe, aye.
Wha learns ma carol, an carries it away ?

The King sent his lady on the sixth Yule-day,
Three gowdspinks, three starlins, a goose that was grey,
Three plovers, three pairtricks, a papingoe, aye.
Wha learns ma carol, an carries it away ?

The King sent his lady on the seventh Yule-day,
A bull that was broon,
Three gowdspinks, three starlins, a goose that was grey,
Three plovers, three pairtricks, a papingoe, aye.
Wha learns ma carol, an carries it away ?

The King sent his lady on the eighth Yule-day,
Three ducks a-merry laying, a bull that was broon,
Three gowdspinks, three starlins, a goose that was grey,
Three plovers, three pairtricks, a papingoe, aye.
Wha learns ma carol, an carries it away ?

The King sent his lady on the ninth Yule-day,
Three swans a-merry swimming, three ducks a-merry
        laying,
A bull that was broon,
Three gowdspinks, three starlins, a goose that was grey,
Three plovers, three pairtricks, a papingoe, aye.
Wha learns ma carol, an carries it away ?

The King sent his lady on the tenth Yule-day,
An Arabian baboon,
Three swans a-merry swimming, three ducks a-merry
        laying,
A bull that was broon,
Three gowdspinks, three starlins, a goose that was grey,
Three plovers, three pairtricks, a papingoe, aye.
Wha learns ma carol, an carries it away ?

The King sent his lady on the eleventh Yule-day,
Three hinds a-merry hunting, an Arabian baboon,
Three swans a-merry swimming, three ducks a-merry
        laying,
A bull that was broon,
Three gowdspinks, three starlins, a goose that was grey,
Three plovers, three pairtricks, a papingoe, aye.
Wha learns ma carol, an carries it away ?

The King sent his lady on the twelfth Yule-day,
Three maids a-merry dancing, three hinds a-merry
　　hunting,
An Arabian baboon,
Three swans a-merry swimming, three ducks a-merry
　　laying,
A bull that was broon,
Three gowdspinks, three starlins, a goose that was grey,
Three plovers, three pairtricks, a papingoe, aye.
Wha learns ma carol, an carries it away ?

The King sent his lady on the thirteenth Yule-day
Three stalks o' merry corn, three maids a-merry dancing,
Three hinds a-merry hunting, an Arabian baboon,
Three swans a-merry swimming, three ducks a-merry
　　laying,
A bull that was broon,
Three gowdspinks, three starlins, a goose that was grey,
Three plovers, three pairtricks, a papingoe, aye.
Wha learns ma carol, an carries it away ?

136

WHAN Yule comes, dule comes,
Cauld feet an legs ;
When Pasch comes, grace comes,
Butter, mulk, an eggs.

137

YULE'S come, an Yule's gane,
An we hae feasted weel ;
Sae Jock maun tae his flail again,
An Jenny tae her wheel.

138

THIS is Hallowe'en,
An the morn's Hallowday ;
Gin ye want a true love,
It's time ye were away.

Tally on the window-brod,
Tally on the green,
Tally on the window-brod,
The morn's Hallowe'en.

139

TELL a story,
Sing a sang ;
Dae a dance,
Or oot ye gang.

140

HEY-HOW for Hallowe'en !
A' the witches tae be seen,
Some black, an some green.
Hey-how for Hallowe'en !

141

LACHLAN GORACH'S RHYME

FIRST the heel,
An than the toe,
That's the wey
The polka goes.

First the toe,
An than the heel,
That's the wey
Tae dance a reel

Quick aboot,
An than away,
Lichtlie dance
The gled Strathspey.

Jump a jump
An jump it big,
That's the wey
Tae dance a jig,

Slowly, smiling,
As in France,
Follow through
The country dance.

And we'll meet Johnnie Cope in the mornin.
Mull

142

HOGMANAY

Ma shune are made
O' hoary hide,
Behin the door
A downa bide.

Ma tongue is sair,
A daurna sing ;
A fear A will
Get little thing.

143

HERE comes in Judas,
Judas is ma name,
If ye pit nae siller in ma bag,
For guidsake mind oor wame !
Whan I gaed tae the castle yett,
An tirled at the pin,
They keepit the keys o' the castle,
An wadna let me in.
I've been i the east carse,
I've been i the west carse,
I've been i the Carse o' Gowrie,
Whaur the cluds rain a' day
Pease and beans,
An the fermers theek hooses
Wi needles an preens.
I've seen geese gaein on pattens,
An swine fleein i the air
Like peelins o' ingans !
Oor herts are made o' steel,
But oor bodies sma as ware —
If ye've onythin tae gie us,
Stap it in there.

144

Ane ! Twa ! Three !
Ane ! Twa ! Three !
Sic a lot o' fisher-wifies
I do see !

Auchmithie, Angus

145

Saw ye Eppie Marly, honey,
The wife that sells the barley, honey ?
She's lost her pocket an a' her money,
Wi followin Jacobite Charlie, honey.

Eppie Marly's turned sae fine,
She'll no gang oot tae herd the swine,
But lies in bed till echt or nine,
An winna come doon the stairs tae dine.

146

Bessy Bell an Mary Gray,
They were twa bonny lasses ;
They built their hoose upon the lea,
An covered it wi rashes.

Bessy kept the gairden gate,
An Mary kept the pantry ;
Bessy Bell had aye tae wait,
While Mary leeved in plenty.

147

MEGGY BRIDIE

Bonny Meggy, braw Meggy,
Bonny Meggy Bridie, O !
Whan she gat on her damask goon,
She lookit like a leddy, O !
But whan she took it aff again,
She was but Meggy Bridie, O !

148

Me an ma Grannie,
An a great lot mair,
Kickit up a row
Gaein hame frae the fair.

By cam the watchman,
An cried, "Wha's there ?"
"Me an ma Grannie
An a great lot mair."

149

Rise up, guidwife, an shak yer feathers,
An dinna think that we are beggars ;
We are but bairnies come tae play,
Rise up an gie's oor Hogmanay.
Oor feet's caul, oor shin's thin ;
Gie us a piece, an lat us rin !

150

JOHNNY, come lend me yer fiddle,
If ever ye mean tae thrive.
O no, I'll no lend ma fiddle
Tae ony man alive.

Johnny sall hae a blue bonnet,
An Johnny sall gae tae the fair,
An Johnny sall hae a new ribbon,
Tae tie up his bonny broon hair.

And why shudny A love Johnny?
And why shudny Johnny love me?
And why shudny A love Johnny,
As weel as anither bodie?

An here is a leg for a stockin,
An here is a fit for a shoe,
An here is a kiss for his daddy,
An twa for his mammy, I true.

Aberdeen

151

WEE SANDY WAUGH

I HAE a wee bit Hielandman,
His name is Sandy Waugh ;
He sits upon a puddock-stool,
An fine he sups his broo.

    Sing hey, ma bonny Hielanman,
    Ma Sandy trig an braw ;
    Come prinkum prankum, dance wi me,
    A cock-a-leerie-law.

There's herrin in the siller Forth,
An salmon in the Tay,
There's puffins on the auld Bass,
An bairns that greet a' day.

    Sing hey, ma bonny Hielanman,
    Ma Sandy trig an braw ;
    Come prinkum prankum, dance wi me,
    A cock-a-leerie-law.

152

    WHEN I was a wee boy,
    Strikin at the studdy,
    I had a pair o blue breeks,
    An O, but they were duddy !

    As I stroke they shook,
    Like a lammie's tailie ;
    But noo I'm grown a gentleman
    My wife she wears a raillie.

153

HEY dan dilly dow,
How den dan,
Rich were yer mither,
Gin ye were a man.

Ye'd hunt an ye'd hawk,
An keep her in game,
An watter yer faither's horse
In the mill-dam.

Hey dan dilly dow,
How den flooers,
Ye'll lie in yer bed
Till eleven oors.

If at eleven oors
Ye list tae rise,
Ye'll get yer dinner
Dicht in a new guise.

Laverock's leg,
An titlin's tae,
An a' sic dainties
Ma mannie sall hae.

154

THERE was a piper had a coo,
An he'd nae hey tae gie her.
He took his pipes, an played a tune,
Consider, auld coo, consider.

The coo considered vera weel,
For she gied the piper a penny,
That he micht play the tune again
O' Corn Rigs are Bonny.

155

AIPLES and oranges,
Fower a penny,
It's weel for you
Ye get so many ;
Ink, pink,
Pen and ink !

East Lothian

156

INGAN-SELLER

INGAN JOHNNIE,
Six a penny,
Wash yer face
An ye'll be bonny.

157

A CAT cam fiddlin
Oot o' a barn,
Wi a pair o' bagpipes
Under her arm.

She cud sing naethin but
"Fiddle cum fee,
The moose has mairrit
The bumble bee."

Pipe cat,
Dance moose,
We'll hae a waddin
At oor guid hoose.

158

Roon, roon, rosie,
Cuppie, cuppie, shell,
The dog's awa tae Hamilton
Tae buy a new bell ;
Gin ye dinna tak it
I'll tak it tae masel ;
Roon, roon, rosie,
Cuppie, cuppie, shell.

159

PARRITCH

Steer thick
An sprinkle thin
T'nap the lad
That last gaed in.
Forfar

160

THE Hirdy Dirdy
Cam hame frae the hill
Hungry, hungry.
"Far's ma growl?"
Said the Hirdy Dirdy.
"It's sittin there i the bowl,
The black chucken an the grey
Hae been peckin amon't a' the day."
He up wi his club,
An gied it o the lug.
"Peak, peak," cried the chucken;
"Will-a-wins," cried the hen.
"Little maitter," said the cock,
"Ye sud a gaen tae yer bed
Fan A bade ye."

Aberdeen

161

FISHERMAN'S SANG

O BLITHELY shines the bonnie sun
Upon the Isle o' May,
And blithely rolls the morning tide
Into St Andrews bay.

When haddocks leave the Firth o' Forth,
And mussels leave the shore,
When oysters climb up Berwick Law,
We'll go to sea nae mair,
Nae mair,
We'll go to sea nae mair.

Fife

162

WILLOW PATTERN

Twa wee birdies flyin up high,
A wee boatie sailin by ;
Three wee mannies gaein tae Dover,
A willow tree hingin over ;
A wee kirkie stannin fair,
Mony gang tae worship there ;
An aipple tree, wi aipples on't,
An an airn railin a' along't.

163

A TOAST

Here's tae the kame an the brush,
Here's tae the crub an the saddle ;
An here's tae the bonnie braw lad
That cairries the keys o' the stable.

Buchan

164

Yokie, pokie,
Yankie, fun,
Hoo dae ye like
Yer tatties dune ?

First in brandy,
Than in rum,
That's hoo A like
Ma tatties dune.

Banffshire

165

A TOAST

Here's tae ye a' yer days,
Plenty meat, an plenty claes ;
Plenty parritch, an a horn spin,
An anither tattie when a's dune.

166

GRACE

Holy, holy,
Roon the table,
Eat nae mair
Than ye are able.

Eat ane,
Pooch nane,
Holy, holy,
Amen.

167

ICE-CREAM

Hoky-poky,
Penny the lump,
That's the stuff
Tae gar ye jump.

Whan ye jump,
Ye're shair tae fa,
Hoky-poky,
That's a'.

168

O DEAR me !
What sall I dae,
If I dee an auld maid in a garret.

Dundee

169

PADDY on the railway
Pickin up stanes ;
Alang cam an engine
An brak Paddy's banes.

"O!" said Paddy,
"That's no fair."
"O!" said the engineman,
"Ye shudna hae been there."

Glasgow

170

CUPS an saucers,
Plates an dishes,
We're the blue boys
Wi the calico briches.

171

SANDY CANDY
Blaws his horn
Ten mile
Amo' the corn.

UPROAR

O sic a hurry-burry !
O sic a din !
O sic a hurry-burry
Oor hoose is in !

Oor hen's ee's oot,
Oor dog's deid,
Oor cat's awa hame
Wi a sair heid.

O sic a hurry-burry !
O sic a din !
O sic a hurry-burry
Oor hoose is in !

Angus

173

BRAW news is come tae toon,
Braw news is cairried ;
Braw news is come tae toon,
Jean Tamson's mairried.

First she gat the fryin-pan,
Syne she gat the ladle,
Syne she gat the young man
Dancin on the table.

Angus

174

HERE'S a puir weeda,
She's left alane,
She has nae ane
Tae mairry upon.

Come choose the east,
Come choose the west,
Come choose the ane
That you loe best.

175

"AULD wife, auld wife,
Will ye go a-shearin?"
"Speak a wee bit looder, sir,
I'm unco dull o' hearin."

"Auld wife, auld wife,
Wad ye tak a kiss?"
"Aye, indeed, I wull, sir ;
It wadna be amiss."

176

"WHUSTLE, whustle, auld wife,
An ye'se get a hen."
"I wadna whustle," quo the wife,
"Gin ye gie me ten."

"Whustle, whustle, auld wife,
An ye'se get a cock."
"I wadna whustle," quo the wife,
"Gin ye gie me a flock."

"Whustle, whustle, auld wife,
An ye'se get a goun."
"I wadna whustle," quo the wife,
"For the best yin i the toun."

"Whustle, whustle, auld wife,
An ye'se get a coo."
"I wadna whustle," quo the wife,
"Though ye wad gie me two."

"Whustle, whustle, auld wife,
An ye'se get a man."
"Wheep-whaup!" quo the wife,
"I'll whustle as I can."

177

MA wheelie gaes roon,
Ma wheelie gaes roon,
An ma wheelie she casts the band,
It's no the wheelie that has the wyte,
It's ma uncanny hand.

178

As I cam doon the Gallowgate,
An through the Narrow Wyn,
Fower-and-twenty weavers
Were hangin in a twine ;
The tow gae a jerk,
An the weavers gae a girn,
"O ! lat me doon,
And I'll never steal anither pirn."

Aberdeen

179

BRECHIN WEAVER

Weaverie, weaverie, wabster,
Gaed up tae see the mune,
Wi a' his treadles on his back,
An's sowdie muck abune.

The loom gae a crack,
The weaver gae a girn,
"O, lat me doon again,
I'll never steal a pirn.

"I'll never steal a pirn,
I'll never steal a threed,
O, lat me doon again,
I wis that I were deid."

180

THE TAILYOUR

THERE was a wee tailyour cam intae the toon,
An a' he wantit was elbow room.
  Gie me elbow room !
  Gie me elbow room !
  Gie me elbow room !
  Gie me elbow room !
An a' he wantit was elbow room.

The tailyour sat at the heid o' the toon,
An a' he wantit was elbow room.
  Gie me elbow room !
  Gie me elbow room !
  Gie me elbow room !
  Gie me elbow room !
An a' he wantit was elbow room.

Galloway

181

THERE was a cobbler
Lived i the coom,
An a' that he wantit
Was elbow room.

Edinburgh

182

HERE'S a tailyour,
New begun,
Sit aboot
An gie'm room.

Gie'm a needle,
Gie'm threid,
Gie'm a skelp
I side i heid.

Kirriemuir

183

TAILYOUR, tailyour,
Prick the loose,
Fling yer needle
Ower the hoose.

Till yer needle
It comes back,
Tailyour, ye may
Drink and crack.

Edinburgh

184

Bonnie Wullie ! Pretty Wullie !
Lang Wullie Gaw !
Whit'll a' the lasses dae
Whan Wullie gangs awa ?

Some'll lauch, an some'll greet,
An some no care ava,
An some'll kilt their petticoats,
An follow Wullie Gaw.
Galloway

185

I'm gaein in the train,
And ye're no comin wi me ;
I've got a lad o' ma ain,
And his name is Kilty Jeemie.

Jeemie wears a kilt,
He wears it in the fashion,
And ilka time he twirls it roon,
Ye canna keep frae lauchin.
Dundee

186

Will ye gang tae Fife, lassie ?
Will ye gang tae Fife, lassie ?
Ye'se get partan-taes tae pike,
An ye sall be ma wife, lassie !

187

THE BRAW NEW GOON

It's I hae gotten a braw new goon,
The colour o' the moudiewort ;
I bade the tailyour mak it weel,
An pit linin i the body o't,
I the body o't, i the body o't,
I bade the taïlyour mak it weel,
An pit linin i the body o't.

Aberdeen

188

Kilt yer coatie,
Bonnie lassie,
As ye wade
The burnie through.

Or yer mither
Will be angry,
If ye wat
Yer coatie noo.

189

I've fund somethin
That I'll no tell,
A' the lads o' oor toon
Clockin in a shell.

A' but Robin Robinson
An he's cruppen oot,
An he will hae Jean Anderson
Withoot ony doot.

He kissed and clappit her,
He's pared a' her nails,
He made her a goon
O' peacock's tails.

Baith coal an caunle
Ready tae burn,
An they're tae be mairried
The morn's morn.

Berwick

190

SHE that gangs tae the wal
Wi an ill will,
Either the pig braks
Or the watter will spill.

191

"HIELANMAN, Hielanman,
Far wis ye born?"

"Up in the Hielans,
Among the green corn."

"Fat gat ye there,
But green kail and leeks?"

Lauch at a Hielanman
Wantin his breeks.
                    Aberdeen

192

CHURNING CHARM

Come, butter, come,
Come, butter, come!
Peter stauns at the gate,
Waitin for a buttered cake.
Come, butter, come!

193

BONNIE leddy,
Lat doon yer milk,
An I'll gie ye
A goun o' silk,
A goun o' silk,
An a ball o' twine,
Bonnie leddy,
Yer milk's no mine.

Clydesdale

194

EELIE, eelie, amper, tamper toe,
Tie a knot on yer tail,
Knot, knot, an a double knot,
An ye'll win tae the watter-flow.

Perth

195

Dyod, ye mind me o' a soo,
As fat's a butter ba.

Na, na, a soo has fower feet,
An A hinna but twa.

Weel, ye're the likest a soo
That ever A saw !
Buchan

196

Sandy Kildandy,
The laird o' Kilnap,
Suppit his brose,
And swallit his cap.

An efter a'
He wasna fu ;
He gaed tae the byre
An swallit the coo.

197

TAM O' CRUMSTANE

"A LOUPIN-ON stane
Is a very guid thing,
For a man that is stiff,
For a man that is auld,
For a man that is lame
O' the leg or the spauld,
Or short o' the hochs,
Tae loup on his naggie."

So said Tam o' Crumstane,
Unbousome and baggie ;
An mountin the stane
At Gibbie's hoose-end,
Like a man o' great pith,
Wi a grane, and a stend —
He flew ower his yaud,
An fell i the midden !

198

I'M no, says she,
Sae braw, says she ;
Nor yet, says she,
Sae big, says she ;
But I'll gang, says she,
Tae Perth, says she,
And get, says she,
A man, says she ;
And syne, says she,
I'll be, says she,
As guid, says she,
As you, says she.

Forfar

199

"SANDY," quo he, "lend me yer mill,"
"Sandy," quo he, "lend me yer mill,"
"Sandy," quo he, "lend me yer mill,"
"Lend me yer mill," quo Sandy.

Sandy lent the man his mill,
An the man gat a len o' Sandy's mill,
An the mill that was lent was Sandy's mill,
An the mill belanged tae Sandy.

200

SOME say the deil's deid,
The deil's deid, the deil's deid,
Some say the deil's deid,
An buried in Kirkcaldy.

Some say he'll rise again,
Rise again, rise again,
Some say he'll rise again,
An dance the Hielan Laddie.

201

MA plaid awa, ma plaid awa,
An ower the hill an faur awa,
An faur awa tae Norrowa,
Ma plaid sall no be blawn awa !
    The elfin knicht sits on yon hill,
    Ba, ba, bella ba ;
    He blaws it east, he blaws it west,
    He blaws it whaur he liketh best.
Ma plaid awa, ma plaid awa,
An ower the hill an faur awa.

202

ABODY's bonnie
Tae somebody's ee,
Rich man or puir man,
Tink man tee.

Buchan

203

TINKLER, Tinkler,
Tarry bags,
Stinkin meal
An rotten eggs.

FERLIES
204
REIDCAP

Noo Reidcap he was there,
An he was there indeed ;
An grimly he girned and glowered,
Wi his reid cap on his heid.

Then Reidcap gied a yell,
It was a yell indeed ;
That the flesh neath ma oxter grew cauld,
It grew as cauld as leid.

Auld Bluidie-cowl gied a girn,
It was a girn indeed ;
Syne ma flesh it grew mizzled for fear,
An A stood like a thing that is deid.

Last Reidcowl gied a leuch,
It was a leuch indeed ;
Twas mair like a hoarse, hoarse scrauch,
Syne a tooth fell oot o' his heid.

205

WATTER high,
Watter low,
Watter come,
Watter go.

Rin, rin,
Watter clear,
We sall live
A hunner year.

206

STRUTHILL WELL

THREE white stanes,
An three black preens,
Three yellow gowans
Aff the green.

Intae the wall,
Wi a ane, twa, three,
An a fortune, a fortune
Come tae me.

207

SEELY WICHT

Gin ye ca me imp or elf,
I rede ye look weel tae yerself ;
Gin ye ca me fairy,
I'll work ye muckle tarrie.

Gin guid neebor ye ca me,
Then guid neebor I will be ;
But gin ye ca me seely wicht,
I'll be yer freen baith day and nicht.

208

THE FAIRIES' GREEN

He wha tills the fairies' green,
Nae luck again sall hae.

He wha spills the fairies' ring,
Betide him want an wae !

Weirdless days an weary nichts
Are his till his dyin day.

Berwick

209

MONTROSE

Hae ye seen that terrible fellow, Montrose,
Wha hae airn teeth an a nail in's nose,
An intae his wallet wee laddies he throws ?

210

CARTERHAUGH Cants,
Whar witches and warlocks
Ride in their ranks.

Selkirk

211

CLUGGIE CASTLE,
An the Dry Isle,
The Kirkyerd,
An the Kirkstyle,
A dry sky,
An a bumbee's byke,
Never a witch
Nor warlock likes.

Perth

212

THE KELPY

SAIR back an sair banes,
Drivin the laird o' Morphie's stanes!
The laird o' Morphie'll never thrive
As lang's the kelpy is alive!

213

BROWNIE

THERE were aucht sturdy ploomen
On the fairm o' Bogha,
But Brownie in ae nicht
Wrocht mair than them a.

214

MERMAID'S RHYME

YE may think upon yer cradle,
And I'll think on ma stane ;
We may weel speak and look,
But freends we'll ne'er be nane.

215

MERMAIDS

FOWER and twenty mermaids,
Wha left the port o' Leith,
Tae tempt the fine auld hermit,
Wha dwelt upon Inchkeith.

Nae boat, nor waft, nor crayer,
Nor craft had they, nor oars nor sails ;
Their lily hands were oars enough,
Their tillers were their tails.
Fife

216

THE mermaid sat on the Carlin stane,
A-kaimin her gowden hair,
The may ne'er was in Clydesdale wide
Was ever hauf sae fair.
Lanark

217

O, PEARLIN JEAN!
O, Pearlin Jean!
She haunts the hoose,
She haunts the green,
An glowers on me
Wi her wul-cat een.

Berwick

218

THE GHAIST

THE little lippie
And the licht stane
Gars me wander
Here ma lane.

Newburgh, Fife

219

Gin ye be for lang kail,
Cowe the nettle, stoo the nettle ;
Gin ye be for lang kail,
Cowe the nettle early.

Cowe it laich, cowe it sune,
Cowe it in the month o' June ;
Stap it ere it's in the bloom,
Cowe the nettle early.

Cowe it by the auld wa's,
Cowe it whaur the sun ne'er fa's,
Stoo it when the day daws,
Cowe the nettle early.

Auld heuk wi no ae tooth,
Cowe the nettle, stoo the nettle ;
Auld gluive wi leather loof,
Cowe the nettle early.

220

WILL-O-THE-WISP

Spunky, spunky, ye're a jumpin licht,
Ye ne'er tak hame the schule weans richt ;
But through the rouch moss, an ower the hag-pen,
Ye droon the ill anes in yer wattery den.

221

HAILSTANES

Rain, rain, rattle stanes,
Dinna rain on me ;
But rain on John o' Groat's hoose,
Faur ower the sea.

222

Wha sains the hoose the nicht ?
They that sains it ilka nicht —
Saint Bryde an her brat,
Saint Colme an his hat,
Saint Michael an his spear,
Keep this hoose frae the weir,
Frae rinnin thief,
Frae burnin thief,
An frae a' ill rea
That by the gate can gae,
An frae an ill wicht
That by the gate can licht.

223

Merch said tae Aperill,
I saw three hoggs on yonder hill,
An if ye'll lend me dayis three,
I'll find a wey tae gar them dee.
The first o' them was wind an weet,
The neist o' them was snaw an sleet,
The third o' them was sic a freeze,
It friz the birds' nebs till the trees ;
An whan the three days were past an gane,
The silly puir hoggies cam hirplin hame.

224

DAFT FOWK

WEE Tammie Tyrie
Jumpit in the firie.

The fire was ower hot,
He jumpit in the pot.

The pot was made o' metal,
He jumpit in the kettle.

The kettle was made o' brass,
He jumpit in the ass.

225

MA faither gies me milk an breid,
Ma mither gies me claes,
Tae sit aboot the fireside,
An knap fowk's taes.

Fife

226

HUSH-A-BA, burdie, croon, croon,
  Hush-a-ba, burdie, croon ;
The sheep are gane tae the siller wid,
  An the coos are gane tae the broom, broom.

An it's braw milkin the kye, kye,
  It's braw milkin the kye ;
The birds are singin, the bells are ringin,
  An the wild deer come gallopin by.

Hush-a-ba, burdie, croon, croon,
  Hush-a-ba, burdie, croon ;
The gaits are gane tae the mountain hie,
  An they'll no be hame till noon.

BRIG TAE BALLADS

227

THE cock an the hen,
The deer in the den,
Sall drink in the clearest fountain.

The venison rare
Sall be ma love's fare,
An A'll follow him ower the mountain.

228

THE STRANGE VEESITOR

A WIFE was sittin at her reel ae nicht ;
An aye she sat, an aye she reeled, an aye she wished for
    company.

In cam a pair o' braid, braid soles, an sat doon at the
    fireside ;
An aye she sat, an aye she reeled, an aye she wished for
    company.

In cam a pair o' sma, sma legs, an sat doon on the braid,
    braid soles ;
An aye she sat, an aye she reeled, an aye she wished for
    company.

In cam a pair o' sma, sma thees, an sat doon on the sma,
    sma legs ;
An aye she sat, an aye she reeled, an aye she wished for
    company.

In cam a pair o' muckle, muckle hips, an sat doon on
      the sma, sma thees ;
An aye she sat, an aye she reeled, an aye she wished for
      company.

In cam a sma, sma waist, an sat doon on the muckle,
      muckle hips ;
An aye she sat, an aye she reeled, an aye she wished for
      company.

In cam a pair o' braid, braid shouthers, an sat doon on
      the sma, sma waist ;
An aye she sat, an aye she reeled, an aye she wished for
      company.

In cam a pair o' sma, sma airms, an sat doon on the braid,
      braid shouthers ;
An aye she sat, an aye she reeled, an aye she wished for
      company.

In cam a pair o' muckle, muckle hans, an sat doon on
      the sma, sma airms ;
An aye she sat, an aye she reeled, an aye she wished for
      company.

In cam a sma, sma neck, an sat doon on the braid, braid
      shouthers ;
An aye she sat, an aye she reeled, an aye she wished for
      company.

In cam a great big heid, an sat doon on the sma, sma
      neck.

"Whit wey hae ye sic braid, braid feet ?" quo the wife.
"Muckle gangin, muckle gangin."
"Whit wey hae ye sic sma, sma legs ?"
"Aih-h-h ! – late – an wee-e-e – moul."
"Whit wey hae ye sic muckle, muckle knees ?"
"Muckle prayin, muckle prayin."
"Whit wey hae ye sic sma, sma thees ?"
"Aih-h-h ! – late – an wee-e-e – moul."
"Whit wey hae ye sic big, big hips ?"
"Muckle sittin, muckle sittin."
"Whit wey hae ye sic a sma, sma waist ?"
"Aih-h-h ! – late – an wee-e-e – moul."
"Whit wey hae ye sic braid, braid shouthers ?"
"Wi cairryin broom, wi cairryin broom."
"Whit wey hae ye sic sma, sma airms ?"
"Aih-h-h ! – late – an wee-e-e – moul."
"Whit wey hae ye sic muckle, muckle hans ?"
"Threshin wi an iron flail, threshin wi an iron flail."
"Whit wey hae ye sic a sma, sma neck ?"
"Aih-h-h ! – late – an wee-e-e – moul."
"Whit wey hae ye sic a muckle, muckle heid ?"
"Muckle wit, muckle wit."
"Whit dae ye come for ?"
"For YOU !"

229

THE WEE, WEE MAN

As I was walkin all alane,
Atween a watter an a wa,
O there I met a wee, wee man,
An he was the least I ever saw.

His legs were scarce a shathmont lang,
An thick an thimber was his thie ;
Atween his broos there was a span,
An atween his shouthers there was three.

An he tuik up a muckle stane,
An flang't as faur as I could see ;
Though I had been a Wallace wicht,
I couldna lift it tae ma knee.

"O, wee, wee man, but thou be strang !
O, tell me whaur thy dwellin be ?"
"Ma dwellin's doon at yon bonny bour,
O, will ye gang wi me an see ?"

On we lap, an awa we rade,
Till we cam tae yon bonny green ;
We lichted doon tae bait oor horse,
An oot there cam a lady fine.

Fower-an-twenty at her back,
An they were a' clad oot in green ;
Though the King o' Scotland had been there
The warst o' them micht hae been his queen.

An on we lap, an awa we rade,
Till we cam tae yon bonny ha,
Whaur the roof was o' the beaten gowd,
An the flair was o' the crystal a'.

An there were harpins lood an sweet,
An leddies dancin jimp an sma ;
But in the twinklin o' an e'e,
Ma wee, wee man was clean awa.

230

MA COCK, LILY-COCK

A HAD a wee cock, and I loved him weel,
I fed ma cock on yonder hill ;
Ma cock, lily-cock, lily-cock, coo ;
Ilka yin loves their cock, whit way suldna I
   love ma cock too ?

I had a wee hen, and I loved her weel,
I fed ma hen on yonder hill ;
Ma·hen, chuckie, chuckie,
Ma cock, lily-cock, lily-cock, coo ;
Ilka yin loves their cock, whit way suldna I
   love ma cock too ?

I had a wee duck, and I loved her weel,
I fed ma duck on yonder hill ;
Ma duck, wheetie, wheetie,
Ma hen, chuckie, chuckie,
Ma cock, lily-cock, lily-cock, coo ;
Ilka yin loves their cock, whit way suldna I
   love ma cock too ?

I had a wee sheep, and I loved her weel,
I fed ma sheep on yonder hill ;
Ma sheep, maie, maie,
Ma duck, wheetie, wheetie,
Ma hen, chuckie, chuckie,
Ma cock, lily-cock, lily-cock, coo ;
Ilka yin loves their cock, whit way suldna I
   love ma cock too ?

I had a wee dog, and I loved him weel,
I fed ma dog on yonder hill ;
Ma dog, bouffie, bouffie,
Ma sheep, maie, maie,
Ma duck, wheetie, wheetie,
Ma hen, chuckie, chuckie,
Ma cock, lily-cock, lily-cock, coo ;
Ilka yin loves their cock, whit way suldna I
            love ma cock too ?

I had a wee cat, and I loved her weel,
I fed ma cat on yonder hill ;
Ma cat, cheetie, cheetie,
Ma dog, bouffie, bouffie,
Ma sheep, maie, maie,
Ma duck, wheetie, wheetie,
Ma hen, chuckie, chuckie,
Ma cock, lily-cock, lily-cock, coo ;
Ilka yin loves their cock, whit way suldna I
            love ma cock too ?

I had a wee pig, and I loved her weel,
I fed ma pig on yonder hill ;
Ma pig, squeakie, squeakie,
Ma cat, cheetie, cheetie,
Ma dog, bouffie, bouffie,
Ma sheep, maie, maie,
Ma duck, wheetie, wheetie,
Ma hen, chuckie, chuckie,
Ma cock, lily-cock, lily-cock, coo ;
Ilka yin loves their cock, whit way suldna I
            love ma cock too ?

231

THE TWA CORBIES

As I was walkin all alane,
I heard twa corbies makin a mane,
The tane untae the tither say,
"Whaur sall we gang an dine the day ?"

"In behin yon auld fail dyke,
I wot there lies a new-slain knight ;
An naebody kens that he lies there,
But his hawk, his hound, an his lady fair.

"His hound is tae the huntin gaen,
His hawk tae fetch the wild-fowl hame,
His lady's taen anither mate,
So we may mak oor dinner sweet.

"Ye'll sit on his white hause-bane,
An I'll pike oot his bonny blue e'en ;
Wi ae lock o' his gowden hair
We'll theek oor nest when it grows bare.

"Mony a ane for him maks mane,
But nane sall ken whaur he is gaen ;
O'er his white banes, when they are bare,
The win sall blaw for evermair."

232

THE CROODIN DOO

"WHAUR hae ye been a' the day,
Ma bonny wee croodin doo ?"

"O, I hae been at ma stepmither's hoose ;
Mak ma bed, mammie, noo, noo, noo !
Mak ma bed, mammie, noo !"

"Whaur did ye get yer dinner,
Ma bonny wee croodin doo ?"
"I gat it in ma stepmither's ;
Mak ma bed, mammie, noo, noo, noo !
Mak ma bed, mammie, noo !"

"Whit did she gie ye tae yer dinner,
Ma bonny wee croodin doo ?"
"She gae me a wee fower-fitted fish ;
Mak ma bed, mammie, noo, noo, noo !
Mak ma bed, mammie, noo !"

"Whaur gat she the fower-fitted fish,
Ma bonny wee croodin doo ?"
"She gat it doon in yon well-strand ;
Mak ma bed, mammie, noo, noo, noo !
Mak ma bed, mammie, noo !"

"Whit did she dae wi the banes o't,
Ma bonny wee croodin doo ?"
"She gae them tae the wee dog ;
Mak ma bed, mammie, noo, noo, noo !
Mak ma bed, mammie, noo !"

"O, whit becam o' the wee dog,
Ma bonny wee croodin doo ?"
"O, it shot oot its feet an deed !
O, mak ma bed, mammie, noo, noo, noo !
O, mak ma bed, mammie, noo !"

BONNY SAINT JOHN

FAR hae ye been,
Ma bonny Saint John,
Ye've bidden sae lang,
Ye've bidden sae lang ?

Far hae ye been,
Ma bonny Saint John,
Ye've bidden sae lang,
Ye've bidden sae lang ?

Up in yon hill,
An doon in yon glen,
An I cudna win hame,
An I cudna win hame.

Noo, fat will ye gie me
Unto ma supper,
Noo, fan I've come hame,
Noo, fan I've come hame ?

A clean dish for ye,
An a clean spune,
For bidin sae lang,
For bidin sae lang.

A clean dish for ye,
An a clean spune,
For bidin sae lang,
For bidin sae lang.

THE FAUSE KNICHT AN THE WEE BOY

"O, WHAUR are ye gaun ?"
Quo the fause knicht upon the road ;
"I'm gaun tae the schule,"
Quo the wee boy, an still he stude.

"Whit is that upon yer back ?"
Quo the fause knicht upon the road ;
"Atweel it is ma bukes,"
Quo the wee boy, an still he stude.

"Whit's that ye've got in yer airm ?"
Quo the fause knicht upon the road ;
"Atweel it is ma peat,"
Quo the wee boy, an still he stude.

"Wha's aucht thae sheep ?"
Quo the fause knicht upon the road ;
"They're mine an ma mither's,"
Quo the wee boy, an still he stude.

"Hoo mony o' them are mine ?"
Quo the fause knicht upon the road ;
"A' they that hae blue tails,"
Quo the wee boy, an still he stude.

"I wiss ye were on yon tree,"
Quo the fause knicht upon the road ;
"An a guid ledder under me,"
Quo the wee boy, an still he stude.

"An the ledder for tae brak,"
Quo the fause knicht upon the road ;
"An ye for tae fa doon,"
Quo the wee boy, an still he stude.

"I wiss ye were in yon sea,"
Quo the fause knicht upon the road ;
"An a guid bottom under me,"
Quo the wee boy, an still he stude.

"An the bottom for tae brak,"
Quo the fause knicht upon the road ;
"An ye tae be droont,"
Quo the wee boy, an still he stude.

235

MITHER, MITHER

"BUY me a milkin-pail,
   Mither, mither."
"Betsy's gane a-milkin,
   Beautiful dochter."

"Sell my faither's feather-bed,
   Mither, mither."
"Whaur will yer faither lie,
   Beautiful dochter ?"

"Pit him in the boys' bed,
   Mither, mither."
"Whaur will the boys lie,
   Beautiful dochter ?"

"Pit them in the pigs' sty,
    Mither, mither."
"Whaur will the pigs lie,
    Beautiful dochter ?"

"Pit them in the saltin-tub,
    Mither, mither."

236

THE HUNTIN O' THE WRAN

WILL ye gae tae the wid ? quo Fozie Mozie ;
Will ye gae tae the wid ? quo Johnnie Reidnosie ;
Will ye gae tae the wid ? quo Fozlin Ene ;
Will ye gae tae the wid ? quo brither an kin.

Whit tae dae there ? quo Fozie Mozie ;
Whit tae dae there ? quo Johnnie Reidnosie ;
Whit tae dae there ? quo Fozlin Ene ;
Whit tae dae there ? quo brither an kin.

Tae slay the Wran, quo Fozie Mozie ;
Tae slay the Wran, quo Johnnie Reidnosie ;
Tae slay the Wran, quo Fozlin Ene ;
Tae slay the Wran, quo brither an kin.

Whit wey will ye get her hame ? quo Fozie Mozie ;
Whit wey will ye get her hame ? quo Johnnie
Reidnosie ;
Whit wey will ye get her hame ? quo Fozlin Ene ;
Whit wey will ye get her hame ? quo brither an kin.

We'll hire cairt an horse, quo Fozie Mozie ;
We'll hire cairt an horse, quo Johnnie Reidnosie ;
We'll hire cairt an horse, quo Fozlin Ene ;
We'll hire cairt an horse, quo brither an kin.

Whit wey will ye get her in ? quo Fozie Mozie ;
Whit wey will ye get her in ? quo Johnnie Reidnosie ;
Whit wey will ye get her in ? quo Fozlin Ene ;
Whit wey will ye get her in ? quo brother an kin.

We'll drive doon the door-cheeks, quo Fozie Mozie ;
We'll drive doon the door-cheeks, quo Johnnie Reid-
    nosie ;
We'll drive doon the door-cheeks, quo Fozlin Ene ;
We'll drive doon the door-cheeks, quo brither an kin.

I'll hae a wing, quo Fozie Mosie ;
I'll hae anither, quo Johnnie Reidnosie ;
I'll hae a leg, quo Fozlin Ene ;
An I'll hae anither, quo brither an kin.

PUDDY HE'D A-WOOIN RIDE

THERE dwalt a Puddy in a wall,
   Cuddy alane, cuddy alane ;
There dwalt a Puddy in a wall,
   Cuddy alane an I.
There was a Puddy in a wall,
An a mousie in a mull ;
   Kickmaleerie, cowden doon,
   Cuddy alane an I.

Puddy he'd a-wooin ride,
   Cuddy alane, cuddy alane ;
Puddy he'd a-wooin ride,
   Cuddy alane an I.
Puddy he'd a-wooin ride,
Sword an pistol by his side ;
   Kickmaleerie, cowden doon,
   Cuddy alane an I.

Puddy cam tae the moose's wone,
   Cuddy alane, cuddy alane ;
Puddy cam tae the moose's wone,
   Cuddy alane an I.
Puddy cam tae the moose's wone,
"Mistress Moose, are ye within ?"
   Kickmaleerie, cowden doon,
   Cuddy alane an I.

"Aye, kind sir, I am within,"
  Cuddy alane, cuddy alane ;
"Aye, kind sir, I am within,"
  Cuddy alane an I.
"Aye, kind sir, I am within,
Saftly dae I sit an spin ;"
  Kickmaleerie, cowden doon,
  Cuddy alane an I.

"Madam, I am come tae woo,"
  Cuddy alane, cuddy alane ;
"Madam, I am come tae woo,"
  Cuddy alane an I.
"Madam, I am come tae woo,
Merridge I maun hae on you ;"
  Kickmaleerie, cowden doon,
  Cuddy alane an I.

"Merridge I will grant you nane,"
  Cuddy alane, cuddy alane ;
"Merridge I will grant you nane,"
  Cuddy alane an I.
"Merridge I will grant you nane,
Till Uncle Rottan he comes hame ;"
  Kickmaleerie, cowden doon,
  Cuddy alane an I.

Uncle Rottan's noo come hame,
   Cuddy alane, cuddy alane ;
Uncle Rottan's noo come hame,
   Cuddy alane an I ;
Uncle Rottan's noo come hame,
Fy, gar busk the bride alang ;
   Kickmaleerie, cowden doon,
   Cuddy alane an I.

Lord Rottan sat at the heid o' the table,
   Cuddy alane, cuddy alane ;
Lord Rottan sat at the heid o' the table,
   Cuddy alane an I.
Lord Rottan sat at the heid o' the table,
For that he was baith stoot an able ;
   Kickmaleerie, cowden doon,
   Cuddy alane an I.

Wha is it sits neist the wa ?
   Cuddy alane, cuddy alane ;
Wha is it sits neist the wa ?
   Cuddy alane an I.
Wha is it sits neist the wa,
But Lady Moose, baith jimp an sma ?
   Kickmaleerie, cowden doon,
   Cuddy alane an I.

Wha is it sits neist the bride ?
    Cuddy alane, cuddy alane ;
Wha is it sits neist the bride ?
    Cuddy alane an I.
Wha is it sits neist the bride,
But the sola Puddy wi the yalla side ?
    Kickmaleerie, cowden doon,
    Cuddy alane an I.

Syne cam the Deuk but, an the Drake,
    Cuddy alane, cuddy alane ;
Syne cam the Deuk but, an the Drake,
    Cuddy alane an I.
Syne cam the Deuk but, an the Drake,
The Deuk tak the Puddy an gart him squaik ;
    Kickmaleerie, cowden doon,
    Cuddy alane an I.

Than cam in the guid grey Cat,
    Cuddy alane, cuddy alane ;
Than cam in the guid grey Cat,
    Cuddy alane an I.
Than cam in the guid grey Cat,
Wi a' the kittlins at her back ;
    Kickmaleerie, cowden doon,
    Cuddy alane an I.

The Puddy he swam doon the brook,
   Cuddy alane, cuddy alane ;
The Puddy he swam doon the brook,
   Cuddy alane an I.
The Puddy he swam doon the brook,
The Drake he catched him in his fluke ;
   Kickmaleerie, cowden doon,
   Cuddy alane an I.

The Cat he pu'd Lord Rottan doon,
   Cuddy alane, cuddy alane ;
The Cat he pu'd Lord Rottan doon,
   Cuddy alane an I.
The Cat he pu'd Lord Rottan doon,
The kittlins they did claw his croon ;
   Kickmaleerie, cowden doon,
   Cuddy alane an I.

But Lady Moose, baith jimp an sma,
   Cuddy alane, cuddy alane ;
But Lady Moose, baith jimp an sma,
   Cuddy alane an I.
But Lady Moose, baith jimp an sma,
Crept intae a hole aneath the wa ;
"Squaik !" quo she, "I'm weel awa,"
   Kickmaleerie, cowden doon,
   Cuddy alane an I.

238

FINIS

Noo ma story's endit,
An gin ye be offendit,
Tak a needle an threid,
An shoo a bit t'end o't.

Words You May Not Know

Words You May Not Know

a' all
aince once
airn iron
ass ash
aucht own, possess

baa cradle
backet box
balaloo lullaby
ban band
baudrons cat
baukie bat
bawbee halfpenny
beck curtsy
ben parlour
bide tarry, remain
bing heap
boo bow
boukie bulky
brook enjoy
brose oatmeal broth
busk dress, adorn
byke bees' or wasps' nest

cap, caup wooden cup or bowl
carle, carline old man, old woman
chafts cheeks
chap knock
chappit tatties mashed potatoes
chaps ye exclamation accepting an offer or bargain
chucky a small stone, used in games, chicken
clap pat
cloker sitting hen
coft bought
coggie wooden vessel for holding milk
collop portion
coom dirt
Coorie Anne wren
corbie raven
couthie friendly, lovable
cowe cut down

crayer trading ship
croupin croaking
crouse comfortable
crub curb of a bridle
cuddy donkey

dapse choose
deil devil
denty pleasant
deuk duck
dicht wipe, dress food
die toy
din dun
dochter daughter
doo dove
downa cannot
duddy ragged
dule sorrow
dulse edible seaweed

fa who (Aberdeen)
fail turf
fause false
fell strong, energetic
ferly wonder, curiosity
fit foot
fluke flounder, duck's bill
frae from
freit charm

gar compel
gate road
gie give
gin if
girn grimace
gled kite, buzzard
glower stare, frown
gouldie goldfinch
gowan daisy
gowd gold
gowdspink goldfinch

gowk cuckoo
greet weep
grice young pig
guidman husband
gundy candy

haen had
hag-pen moorland hill
happer straw vessel for carrying grain
harrow tine prong of a harrow
hause neck
heatherbleat snipe
heigh high
herry to rob (nest)
heuk a (reaping) hook
hie high
hind farm servant
hirdy herd
hirplin limping
hoch leg, thigh
hogg(ie) young sheep
hogmanay New Year's Eve
hornie-goloch earwig
hurry-burry confusion

ilka each, every
ingan onion

jimp slender
jo sweetheart

kail curly cabbage
kame comb
kaw jackdaw
keek peep
keel small vessel
kelpie river-horse, water-sprite
kiln wooden frame for ventilating corn-stack
knap strike sharply
knowe hillock
kye cattle

laich low
lallans lowlands

laverock lark
lea grass-land
lee lie, lonely
leefu-lane all alone
leese me on expression of pleasure in
leid lead (metal)
leuch laugh
loof palm of hand
looten allowed, let
loup leap
lug ear

make mate
malison curse
maun must
merle blackbird
merry-matanzie expression in girls' singing game
midden dung-hill
mill snuff-box
minnie mother
miresnipe snipe
mizzled speckled
moss peat bog
moo, mou, moul mouth
moudiewort mole
muckle big
mull snuff box
mutch cap

nap knock
neep turnip
nieve fist

ower over
oxter armpit

papingoe parrot
partan crab
Pasch Easter
peak chirp
peacock's tails train of skirt
pearlin lace

pig   earthenware jar or bottle
pinkie   little finger
pirlie winkie   little finger
pirn   reel, bobbin
pismire   ant
plack   small copper coin
plaid   tartan blanket
poke   bag, pocket
pow   head
preen   pin
pu'd   pulled
puddock   frog, toad
pyne   pain
pyot   magpie

raillie   jacket
rant   rollicking tune
rea   trouble
reel   bobbin
rock   distaff
rottan   rat
rouch   rough
roupie   hoarse
rowed   rolled, wrapped up

sain   bless
sair   sore
saps   sops
sark   shirt, chemise
scraugh   scream
scrog   branch
seely   happy, blessed
shathmont   span
showdy-powdy   see-saw
shune   shoes
sic   such
siccar   sure
siller   silver
skail   spill
skirl   scream, yell
sneck   door-latch
soopit   swept
soople Tam   top
souter   cobbler

spauld   limb, shoulder
speldered   sprawled
spunkie   will-o-the-wisp
stoo   crop (vb.)
studdy   anvil
succar   sugar
sugarallie   liquorice
syboes   spring onions
syne   since

tae   toe
tappit-hen   crested hen
tarrie   trouble
thee   thigh
thimber   heavy, massive
thrum   loose end of yarn, cat purring
till   to
titlin   meadow pippit
tod   fox
tow-rock   flax-distaff
trig   neat
trow   believe
twa   two

unco   very, strange
unbousome   stiff

wabster   weaver
waft   light breeze
wall   well
wamble   rumble, roll
wame   belly
wantin   without
wapenshaw   show of arms
ware   wire
wauk   to awake
waukrife   wakeful
weddy   wether
weir   fear
wha   who
whaup(y)   curlew
wicht   fellow
wid   wood
will-a-wins   exclamation of pity,
   or sorrow

win, wan to go, reach, succeed

winna will not

winnock window

wone dwelling

wyte skill

yaud jade, old horse

yestreen last night

yett gate

yin one

yowe ewe

Index of First Lines

Index of First Lines